U0722843

喻家山南

武治 著

长江出版传媒

长江文艺出版社

目　录

诗歌与河流（自序）

　　我少年时生活在陕西关中腹地一个贫瘠的村落。不同于黄土高原其他地方的干涸焦渴，我的故乡并不缺水；但是，只有盐碱水，苦涩咸卤，难以入口，根本不能供人畜饮用，用来灌溉田地则土壤板结，地里会生出白色的芒硝。我们附近有个地方，叫漫泉河，据说很久以前有一条甜水河，我和我之后年代出生的人都没有见过那条传说中的河流。

　　渭北高原，气候干燥，风土刚硬，生活艰难。从我们那个地方一直向南数十里，却有一条大河，就是渭河。我没有见过渭河发大水的景象，但是印象里渭河的河漫滩很宽广，河水很少，感觉配不上河水两旁苍凉辽阔的芦苇滩。渭河以南不远就是秦岭，我们当地叫南山。春夏交季收麦种秋时，坐在场地里可以清清楚楚看到华山——华山是秦岭的主峰；有时下午可以看到乌黑的雨云从南山上蔚然蒸腾而起，轰隆隆铺天盖地向渭北掩来。如果下暴雨，会伤害作物的收获和种植，但是，会带来甜水，补充我们的水窖。

　　渭河向东，汇入黄河。向东离开陕西的路，一定要出潼关，过黄河。我十六岁时带着行李背井离乡去东北读书，第一次在晋陕交界刀劈斧凿的天堑里看到黄汤滚滚的黄河。离开之后很少回去西北，就很少再看到黄河了。

长春市的东边，有一条伊通河，1990 年代时水量很少，但是伊通河是长春的母亲河。伊通河向北汇入松花江，从汇合处向松花江上游，大概几十公里，就是有名的松花湖——丰满电站水库。松花湖很深，风景很美，像是一大块神秘的蓝宝石镶嵌在舒展平缓的辽阔的松辽平原上。冬天最冷的时候，松花江封冻结冰了，凝固成了一条白色的蜿蜒巨龙，如果丰满水电站调蓄泄洪或者发电，冰下的松花湖水喷薄而出，在严寒的江面上升起腾腾的水雾，沿吉林市松花江两岸会有雾凇奇观，美不胜收，每年都有很多人千里迢迢去观赏。

　　我在长春读书的岁月乏善可陈，倒是读了很多现当代文学作品。对我影响深重的，有张承志和他的作品，比如：《北方的河》。在那本薄薄的小说里，张承志描写了壮丽雄浑、富有生命力的北方河流：黄河、湟水河、额尔齐斯河、永定河、黑龙江。张承志的文字让我知道了文学的神奇魅力、高于现实的理想主义、弥足珍贵的浪漫主义、诗意与河流的共生融合。于是，我开始关注内心、关注诗歌、关注每一条能够亲近的河流。

　　离开长春之后，我的落脚点到了江城武汉，就住在武昌中华路码头附近。住在长江边上，每天一早一晚上下班要坐轮渡过江。轮渡起航时长鸣汽笛，然后调转船头，驶向烟波笼罩的对岸。那时江上有江鸥，船开之后，一群灰白色的江鸥会盘旋在船尾，在江上浅灰色的背景里飞舞着，期盼像我这样的人抛洒食物喂它们。滚滚江水，两岸苍茫，轮渡缓慢而坚定地来来往往，日复一日。

后来因为工作原因离开武汉近两年时间，住在海口的南渡江边。二十年前的南渡江河面宽广，河水清澈，水流平缓。那时候从我们住的海口郊区过去江东还没有桥，只能搭乘渡船。只要有空，我就去南渡江游泳，也会坐船到对岸去。如果是黄昏，可以在东岸细腻干净的白色沙滩上一直坐着，看西边的晚霞慢慢在河面上从绚烂多彩变得暗淡无光，然后赶最后一班船回来。

我最终还是回来扎根在长江边，一直住在喻家山下华中科技大学的院子里或者喻家山南的关山大道，直至今日。对于生长在缺水干旱地方的关中人来说，能流落到江湖山水之间，是多么巨大的幸福。这种幸福，成了我生活的底色，帮助我抵御人生中各种各样的不美好和不如意带来的麻烦、焦虑甚至是痛苦；也帮助我一直保持心中对善良人性和诗意生存的追随。

河流无论大江或者小溪，都是穿越时空而来；诗句无论水平如何，都是写作者的真诚倾诉和心声表白。像我这样，认真生活、努力工作，清晨或者傍晚时在河岸徜徉，偶尔有点滴书写，即便文字粗粝肤浅，我觉得倒也无关紧要。值得坚守和期待的，是能够一直这样，尊重每一件美好的事物，尊重遇到的每一条河流，尊重每一个我认为闪光的词和句子。

2019 年 5 月 3 日

走向蒙古

洮儿河　不是那条森林部落的饮马之河了

蒙古祖先粗犷的号角　酣畅的马蹄

在科尔沁的冬天早已绝迹

铁木真六十年流尽了一腔子热血

那时候

呼伦贝尔和乌珠穆沁

每天晚上篝火相望

到如今

他的子孙们

还是那块古老的牧场　那群牛羊

炊烟就燃烧在一片草叶上

洮儿河两岸　因为少了烈酒的芬芳

比起从前

越来越荒凉了

远走的英雄

草原上只留下他的庙堂

只是成吉思汗射雕的响箭呼啸

击伤了孤独的朝拜者

击伤了罕山上千年的残阳

1997 年 1 月

南渡江

一

我坐在最适合沉思的窗前
像一把赤裸的刀子盯住某个心脏
倾听黑夜从海上飞临
柔和的无羽之翅细密地拍打城市
如同潮水不断淹没纯洁的沙滩
深渊向无数方向延伸
平静地旋转的核　周围布满星辰
并且带领尘世进入海的深处
在我的窗前　我最终听到
那里有着音乐　光芒和黑暗的舞蹈

二

一个夜晚拥有月亮、风雨和爱情的开始
呈现饱满的、石榴般的时光
古塔腹内的螺旋阶梯已经依次打扫
豆萤烛火将引领一次飞升
我最终距离传说还有一段高度

还在空中隔着一条河的光芒

把榆树种到塔顶
然后等待白色的花盛开
就像星星开满天空的庭院
等待月亮长出春天的叶子
把黑夜的脸染得翠绿
并且　让等待的眼睛穿过诗句
看到河水流过秋天远去
看到它最终回到大地的深处

1998 年 6 月

元月的两天阴雨

一

阴雨和性

颓废的男人在下午拐弯的地方

模糊　潮湿　暗绿色的钟声穿透之后荡开

梦中握紧女人的手　单纯的苍白　窗纸后的眼睛

乱伦故事　午睡黏稠的床榻

更巨大现实的蛙　从水草中站起

红而软弱的长舌　会绽开怎样恶毒的

语言的花朵　坍塌　覆盖　沼泽再次

被隐瞒在一个晦暗的词语背后

句子拖泥带水　是因为

屋顶漏雨　湿了被褥

二

作为选择　一根手指的戏仿

女人拉开绿色屏风

确切　细致　剥开青果

一粒扣子脱落　在春天深处回响

离开的瞬间或者进入

院子被关在门外

1999 年 1 月

敲响耳朵

——致西川

我的感动　从听到有人在暗夜中歌唱飞翔
开始
从听到手指指向倒映在河面的光明
那因遥远而在夜里抵达的访客
沸腾变得平息　然后进入梦境之海
听到天空一样的嗓音朗诵诗篇
听到金子的纸张化成蓝色烟雾
听到银杏叶下月光变幻的美人鱼
听到鹰收起巨翅　披上一套隐身羽翼
我听到有人爬上沉睡者的屋顶　他呼喊啊
他喊叫着　一根绿色的铅笔被紧紧握在手里
我听到了铅笔腹内语言黑色的跳跃
担心它惊动被夜裹在大衣里的安静的风
这些单纯的声音
用绳子把自己挂在天空的墙壁上
并在墙上涂满回声
我听到了湿润的空气开始贴着夜的手臂
游动了
同时听到巨大的阴影暗中逼近
听到野兽拨开院门

但　我听到　有人已经摸到了火柴

1999 年 5 月

西向天堂

一、茶卡①

对于茶卡　我是个突然到来的人

却不是个陌生人

只是夜晚的一段黑暗

或者是盐湖里的一点咸味

再不然就是柴达木草场上

不速而至的骆驼

或者是尾随了它多年的孤狼

对于茶卡　星光记录了犬吠

对于茶卡　柴达木是唯一的毡毯

天亮之前被北风卷走

天亮之前　我只在小镇上稍稍停留

喝杯热水　打个电话

然后无动于衷地离去

做个像模像样的游客

不必像五百年前那个走私的人

---

①　茶卡，青藏线上的一个小镇，有盐湖，叫茶卡盐湖。

化装成山羊

紧紧抱着从南方带来的珍宝

可是茶卡　一片茶叶做的钉子

今夜　把我钉在柴达木荒凉的背上

二、格尔木

依靠孤独活着

骆驼

这个一生游走的人始终沉默

却在心中细数星辰

暗暗记住了昆仑以北的每一次夜雨

记住了细沙打磨过的每一个落日

从小就站在风中

看着格尔木在荒原上渐渐老去

看着它的恋人　慢慢变成

戈壁上一颗透明的石头

三、青海湖

幻想白色的天鹅

无尽的白色羽翼

在青海湖蓝宝石的梦中飞翔

那无边的梦境

闪耀光芒　使我无法凝视

无边的海来迎接

无声地淹没了世界

青海湖　我是否真的曾经走近

面对水中的天堂在水中赤裸

无数的双手抓紧无数的盐

青海湖　北方的蓝色月亮

在北方一次次升起

今夜　又照亮我的空中楼阁

四、那曲

那曲　梦中的空城

藏得那样隐秘

像个流落民间的君王

像薄雾后面陌生而警觉的土著

像羚羊留在草原尽头的空响

那曲

我总算摆脱了唐古拉山

摆脱了穷追不舍的石头

可以舒展喉咙　轻轻咳嗽

再往西

我就可以披头散发

到雪山下做一头幸福的牦牛

五、拉萨

1. 引子

今夜黑暗

雨　攻占了整个天空

这群挥之不去的鸟类

翅膀涂满忧伤

在我的宫殿盘旋

它们带来的寂寞多么真实

一根羽毛就是我心头的一块石头

野兽坠入爱河

雷电点亮灯火

牦牛的化装舞会就在凌晨开始

我要披上僧人的大红袍

今夜　我要在空无一人的王城舞蹈

2. 奴央①

奴央　奴央

国王的新娘

———————

① 奴央，拉萨的一个藏族女孩

青草的腰肢随风轻摆

草原开满野花

鹰也温柔

细细梳理雪山的白发

死去多年的老土司

翻山越岭的蒙面强盗

都到你粉刷一新的阳光下喝茶

尝一尝你用六字箴言和星光做的糌粑

奴央　奴央

你在绿草无边的河岸牧羊

草叶上的一滴露水就是一座天堂

3. 哥哥

哥哥　今夜你投宿在哪座山上

我看不到你

看不到故乡的河水流淌

哥哥　你的烈火之车驶向哪里

心怀叵测的关隘陷落

你的忧伤还在滴血

北方的七姊妹守不住一堆篝火

北方的枫杨树上住满陌生房客

哥哥　沿着你的诗歌

是否可以找到你写在石头后面的谜语

是否可以找到你当年埋藏的青稞

哥哥　你在夜间走遍大地

我听到你孤独的脚步声

还听到你的头发盛开五月的鲜花

鲜花一直陪伴你左右

就像月光总在这时来陪伴我

哥哥　你是否衣衫褴褛

在沿途的村庄乞讨

每一个施舍你的人都接受你的回报

那小小的一瓣玫瑰

总在天亮时像小鸟一样鸣啼

哥哥　你的麦田荒芜

挥舞蒲扇的稻草人成了地主

哥哥　你的亲人都已老去

只有你的年纪在那个五月戛然而止

如今我也长大成人　学会了喂马劈柴

跟随命运渡河

跟随野兽穿过森林

跟随你的耳语寻找梦的王国

哥哥　今夜唯有我高举火把

寻找你的下落

寻找你化身而成的那一段夜色

4. 王

王堆山九仞

王在山上筑城　不留一扇天窗

要囚禁世上的欲望

王只占用一间小小的阁楼

土的掌纹暗示命运

王唱着歌谣　远望城头的旌旗

流下泪水

王在经文里睡觉

在经文里游泳如一条鲸鱼

王吹响号角

王沉默时大地无所适从

王的城空虚

王夜观天象

王的心悲伤

王从不曾试着走出城门

王在阴影里成长　在阴影里医治病痛

王亲口许下诺言

王在心里默念山川的名字

默念百姓和牛羊

王的城以土为墙

王昰城中你看不到的树

一百年绿叶　一百年枯枝

王的一天是拉萨的一百年

5. 佛①

十二岁的孩子坐在幻想的菩提树下

他看到莲花飞翔

看到莲花青青的衣裳飘荡

他听到大地深处的歌声

那里一定暗藏另一个家园

十二岁的孩子眼睛明亮

他喂养一只会写字的老虎

天亮时用恒河水清洗锦色斑斓的大衣

夜里到灯下默默抄写诗章

十二岁的孩子心地善良

记住每个陌生人的名字

记住他们第几次来到面前

十二岁的孩子坚强

而世界显得多么弱小

十二岁的孩子端坐庙堂中央

笑着　不曾说出心中的太阳

6. 尾声

黎明之前的黑暗幽深

彻夜不眠的人此时疲倦

---

① 大昭寺供奉释伽牟尼十二岁等身像，据说是佛祖真容。

但我听到勤劳的国王早起

怀着慈祥走过街巷

酥油灯摇曳豆火

高僧枯瘦如柴

诵经的声音穿透庙宇的红墙

抚摸着孩子们的额头

我的哥可此时也应该睡去了

他的呼吸那样轻盈

而我将要悄悄启程

我不打算向谁告别

也不会惊醒每一口水井

就像阳光第一次爬上拉萨的屋顶就不曾离去

却从来没有在夜里惊醒每一片瓦的睡梦

六、雅鲁藏布

挽起英雄结的黑脸汉子血脉贲张

岩浆般暴戾和挣扎

被死死纠缠的石头在激流中低吼

每一眼漩涡里都有一场厮杀

在群山深处自虐的河流

被孤独掐住喉咙无法喘息

愤怒的雅鲁藏布翻滚着奔走

狂舞的大地之蛇

紧紧咬住康藏的胸腔

七、日喀则

正午的阳光如此简单和洁白

每一个院子都像从来不曾翻开过的经书

窗台上芍药盛开

还有不知名的树绿得触目惊心

穿行在明与暗变化莫测的深巷

会遇到谁　袒露的右手暗示怎样的问候

伸手推开一扇虚掩的木门

推开扎什伦布寺一千年的光阴

经幡上停留的风声依旧安详

石阶上的青苔深厚

记着日喀则抚养过的

每个僧人和

每个早晨

八、珠穆朗玛①

最后的女神　只会在漆黑一片的梦里降临

---

① 珠穆朗玛，2003 年西藏之行计划中的最后一站，我最终只能在日喀则遥望西方，想象雪山脚下从古到今钉子一样扎在那里的绒布寺，想象日出日落时袒露无法言传之美的珠穆朗玛，想象今后有一天我可以真正站在女神的肩上俯瞰世界。

红宝石的花朵漫天飞舞

如南方暮春的柳絮

玄武纪高歌的鱼群

化身为岩石　化身为变幻的坐骑

在大地烈火的核心穿行

引领万丈光芒的白色羽翼

那掌握天机的纤纤玉手

会不会因为我朗诵诗章而勒住缰绳

给朝觐者滚烫的泉水洗尘

给朝觐者数不尽的雪山和美酒

捕捉幻觉和癫狂的流浪者

面对湖中你蓝色的影子开始颤抖

草原上游走的灵魂点亮萤火

在夜空下窃窃低语

依靠默念你圣洁的名字

背井离乡的人将渡过这段无名的河水

梦中的女神　你在晨风中召唤

却用一条无尽的道路

紧紧捆住我徒劳奔跑的双脚

2003 年 8 月

下　午

　　一个下午从一杯水开始
　　一个下午是窗外飞逝的风景
　　一个下午怎样从河的这一边
　　跋涉到河的对岸
　　一个下午是游进时间的海洋里的
　　一尾鱼

2003 年 11 月

站在黎明

站在黎明

等待从夜的深处写来的信

词语的长矛刺穿陈腐的比喻

痛彻前半生无能的诗句

这貌似孤独的灵魂　在贝壳里偷生的软体动物

为什么不能用血液点燃一支火把

为什么不能在纸上写下寒光闪闪的刀锋

却要拘泥于一朵花　一段光阴

和爱过的三个女人

拘泥于到晴空下曝晒潮湿衰老的肺

握住尘世的马鬃　就得丢掉天堂的钥匙

能推开的　是背后一无所有的大门

早就选择了杀机重重的陷阱

却不知道它埋伏在那条必经之路

或许它就紧紧跟随在头顶

化身成一群善良的鸽子

化身成在夜里写字的人

2003 年 11 月

弟 弟

那个向我问路的陌生人

他笑得那么善良

他让我想到你　弟弟

你在更遥远的异乡

你是不是也会在陌生的路口翘首张望

弟弟

谁为你驱赶窥视你的噩梦

谁为你用炭火医治悲伤

谁为你把冬天关在门外

谁为你走了五百里山路送来一天的口粮

弟弟

北方的母亲点灯熬油

北方的母亲在夜里凝望星斗

北方的母亲倾听麦子分蘖

北方的母亲敲响炊烟

敲响你的乳名

弟弟

我看到陌生人就想到你

想到你独自穿行在无边的森林

黑色大树的森林

弟弟

我伸出手不能触摸你的面颊

但我会守住天黑前的一刻

在暮色中

为每一个惶恐的外乡人指点迷津

2003 年 12 月

发自成都的列车及以后

一

除了一轮月亮
这个夜晚黑得如此彻底
除了一个诗人
这个世界睡得如此香甜

二

火车冲出隧道的瞬间
结束了我作为幻想家的
传奇一生

三

是世界抛弃了诗人
还是诗人自己想
做一个隐居者

四

到东方山抽签
得到两句箴语：
"仰天大笑出门去
独对东风舞一场"
一怔　我想到了李白

2003 年 12 月

孩子（一）

孩子的故事从别人的时间开始

鸣蝉或者别的什么风景

吸引着孩子的夏天

使他忘记成长

使他流连于在树荫下享受孤独

享受长久的思念

麦子收割后田野上暴露的渴望

地主和磨坊

石磨旋转着　和每一粒谷物交谈

钟声

开始耕种或者开始幻想

孩子面向北斗流泪

孩子走上麦场　寻找麦子的锋芒

蝙蝠披上风衣

只在黄昏飞翔的黑色镰刀

召唤　不要在夜空下停留太久

露水会打湿歌谣的翅膀

孩子走过田野

怀里抱紧传说

孩子热爱棉花像热爱他的姐姐

每一次离家出走都不了了之
孩子从来没有到达北方的山冈
没有见到传说中的红马
那在午夜飞临村庄的红马
黎明变成穿红袄的新嫁娘

孩子从来没有看到南方的河
但他每向南方迈出一步
都听到更清晰的流水
听到河边的野兽歌唱

孩子不再年幼
知道怎样用桑枝生火
知道用梨花医治受伤的左手
孩子开始恋爱
孩子开始在南风中等待雨季到来

2003 年 12 月

练习名词

地平线穿过黄昏

我倾听杯子怀中空虚的水

水中的大鸟殷勤

制造无声的黑暗

透明空气的杯子

孕育幻想的心脏

大鸟家乡

2003 年 12 月

绿松石

黄昏本来就是一场梦境

流水后面若隐若现的女子

最后的蝴蝶疯狂

沿着年轮

寻找梅花的暗香

2003 年 12 月

梦回唐朝

骊山　一匹黑骏马
带着梦的气息
午夜时分　降临我的
幻想平原

蹄铁叩响青石驿道
华清宫外
我勒住缰绳
想象　花荫深处的女子
会不会　因为我的到来
绽放
盈盈一笑

2003 年 12 月

梦想中的海

冬天的海水

开始温暖的时候

我在远离海岸的北方

翻过山脊

迎着月亮轻声唱起远去的歌谣

那无边无际的海水

从天空降落

包围我的全身　我的喉咙干裂

要饮鸩止渴

我不知道海在哪里

我只知道我爱上了

远方我看不到的

梦想中温柔的双手和

海边的女儿

2003 年 12 月

南渡江上的诗情画意

　　如何在梦中保持警醒

　　这就比方在秋天保持一朵鲜花

　　比方在花朵上保持始终如一的爱情

　　比方用流水保持记忆

　　比方在生活中保持对盐的敬畏

　　如何在梦中保持警醒

　　这就比方在心中保持神灵

　　比方在夜里保持安静的睡梦

　　随手从书架里抽出一本 1999 年 1 月份的《花城》，翻开，在扉页上发现了这一段文字。那时候我二十来岁，住在海南岛南渡江边。或晴或雨，总是一个人跑到江堤上去，可以看到海，有时候可以看到江水里有五颜六色的热带鱼，有时候可以看到琼州海峡那边的大陆，远远望去，海平面越远越高，海里的帆船像是在半空中飞行。我在大地干渴的黄土高原长大，生命中有了虔诚卑微的本性，在南渡江上学会了游泳，学会了热爱生活给我的每一分美，学会了沉默着快乐。

2003 年 12 月

你

月亮燃烧

照亮你的孤单

让你无所遁形

暴露如新生的婴儿

冬天就是这样残忍

除了你

每个人都是洞中的田鼠

闭目养神　暗藏玄机

而你却要到冬日的阳光下呼喊

裸露你单纯的内心

裸露你少得可怜的财宝

诗人　你是一枚坚果

在枝头等待生命里第一场雪

2003 年 12 月

回　乡

下雨的早晨
湿透的棉鞋紧紧抱住冬天的双脚
亲人们更加遥远
如果这时睡去　就不会醒来
我仍然坚持着
在内心深处寻找漆黑的煤矿
在血液的河流寻找陌生花朵
在时间脸上寻找暗红色的斑斑锈迹

年关将至的雨天
我不再是舌头上布满忧伤的诗人
只是一块长满青苔的石头
在细雨中咳嗽
在细雨中满怀着回乡的梦想

2004 年 1 月

隐居和歌唱

一、林中的歌者

词语轻狂，已袒露越来越空白的内心。没有质感的子弹呼啸而来，不能点燃哪怕一丝切肤之痛。冬季在一夜之间崩溃，废墟中，谁的权杖将绽开恶毒之光，让渴望被统治的生灵享受锁链和恩赐之水？

这被火药和望远镜遗忘的角落，林中失语的歌者，沦落到季节之外，或者季节也被虚置，剥夺了木耳倾听的权力。

在林中歌唱，话语的火焰极端危险。

二、隐居

退到无路可退。隐居者如高蹈之鹤混迹于合唱的鸡群。

这并不是我想要表达的姿态。喻家山通体翠绿，打开悄无声息的屏风。它怀中安静如子宫，废弃的防空洞潮湿而寂寞、空空如也——早年念念不忘的藏身之所，如今被逐出家门的老妇。曾经的钢铁掩体，凋零而破败，却闪耀母性光辉。

隐居，不是为了被遗忘，而是为了更深沉的成长。

三、种子

树木强大，这世界强大。贴着喻家山冰凉的肌肤，无法捕捉阳光遗落的种子——火热的幼年太阳，蕴含内敛的光明，外表伪装成一粒黑色坚果。

赖以生存的粮食逃离我们的生活。

被抛弃。于是隐居者孤独，比疯子还孤独。

四、钟声响起

钟声在风中舞蹈，欢快如一片刚刚苏醒的叶子。音乐，流水般淹没世界，带来光芒万丈的幸福。音乐如同太阳，如同威风凛凛的猛虎，笼罩山林。

每个锻打过的词语，内核坚强，蒙受春日的恩泽，此时温柔如少女，孕育全新的生命，要擦亮我们的幻想。

她能不能在今夜降临，滋润我已枯竭的双眼？

2004 年 2 月

情人节（一）

这一天无关爱情

只是生活不够亢奋

需要注射一点葡萄糖

太肥腻了　如今没有人懂得节制

花花绿绿的誓言像风中的三角旗子

抖动一次就替你念一遍心中的咒语

肥蠢的玫瑰浓墨重彩

在这一天比任何时候都洋洋得意

你的爱情就是它的舞台

你的爱情就是广告里美女们要消灭的头皮屑

我们的花朵已经不要阳光只要化肥

我们的舌头已经淡忘了苦荞麦的香味

送货上门的报纸、牛奶　安排好的情节

每天上演的剧目差不多相同

泡沫塑料一样虚张声势的节日里

退场时我们的激动有点出人意料

2004 年 2 月

秋日的幻想

脸上写满绝望和自杀
枯叶纵身一跳的瞬间
秋天旋转得更狂妄

在这个时候　走了几千里的客人
被拒之门外
无法接近的核心
我明明听到它的笑声
让每个词叮当作响
让每句诗都是风中的猎猎旌旗
蕴含火焰和风暴的核心
隐秘安详　如同镜子里的海洋
比起在风中流泪的骆驼
我更需要一把斧子和星光的指引
一口深井的虚无比狂风还强大
我能够伸手挽救的只有脆弱的欲望

季节的谣言什么时候才能不攻自破
我打算就这样闭上眼睛
掩盖身体里越来越危险的空虚

2004 年 2 月

情人节（二）

走得太近会带来伤害
离得太远就陷入噩梦的怀抱

我是情人节孤独的刺猬
高举虚无的长矛
外面阳光灿烂
我还躲在我的冷兵器时代

2004 年 2 月

青铜骑士

你是女人还是铁匠

面对从天而降的教堂
害怕　激动　如此直接
火焰　在春天被击中的候鸟
亲吻还是逃离

(来吧　到我的马背上来吧
到我的命运中来　跟着我的脚印
做我的剑　我的仇敌)

瞎了眼的父亲引领叩门的手指
鲜血和花朵　标枪格外分明
带给我伤害的风车施展法术
青铜铠甲化成东方的古币散落
在你面前我暴露了脆弱的心灵
暴露了不堪一击的誓约

你是敌人的女儿还是部族的铁匠
马蹄　弓箭
没有防线和旗帜

我自身就是一座陷落的城堡

你是女人还是铁匠
我应该亲吻还是逃离

2004 年 3 月

春 天

从清晨的鸟鸣开始
一树梨花突然来到我的面前开放
把珍藏的种子们放进行囊
这是大地唯一接受的礼物
还有羊群　雪白的仙女们
我要和她们结伴走向田野
去倾听微风中隐含的秘密
隐含的远山的问候和召唤

春天　一只安静的手正轻轻抚摸
我面前已经开始泛绿的诗稿

2004 年 3 月

乌　鸦

　　——写给卡夫卡

抖开披风

抖开披风让隐喻们重见天日

让病人随意穿行在马路中央

穿行在危险的城堡

让乌鸦暴露在弓箭的射程之内

让水蛭面对世界之血如水中欢乐的鱼

世界如你所料　在你之后

预言变得不可收拾

森林更加密不透风　更加疯狂

好像正是你点燃了野兽的心头之火

正是你推动了忘乎所以的车轮

而你　逃得那样彻底

只剩下空荡荡的绳子系在时间的腰上

2004 年 3 月

清 明

那一天阳光清脆
那一天麦子格外碧绿
那时候我还很小
爷爷牵着我的手到麦田的深处
寻找属于先人的那一捧黄土

如今
我在一个远离麦田和坟茔的地方生长
早淡忘了千年不变的农历

先人们都说哪里黄土不埋人啊
可今天我已经知道
并不是到处都有黄土
并不是人人都记得清明啊

2004 年 4 月

商市街

　　——给萧红①

一间没有窗子的房间

一场空荡荡的思念

一个女人独自面对伤口

一枚热恋中的雪花落入冰冷的冬天

还有谁会来叩门

谁会给饥饿的手指带来一点惊喜

哪怕只是毫无生气的阳光

哪怕是被施了咒语的一杯清水

爱人　被北风带走的最后的温暖

他消散了　在你漆黑的怀里

悲伤的长发　悲伤的桌子

你一出生就注定要嫁给疼痛

如果要爱情　你就要哭泣

命运给你的角色是个盲人

---

　　① 萧红，她所经历的悲苦只能用命运来解释。我只读了《商市街》，不想再读其他，从几个片断，甚至几个字就看到了这个女人的一生。

最后的夕阳下你还没有读懂剧本

最后的雪白的梦中

你还惦记着背叛的诗人

惦记着从来没有点燃的炉火

惦记着写在书上

却从来没有降临过的幸福吗

2004 年 4 月

这一刻

这一刻无可名状的孤独

它来自何处

是心灵的窗子太久没有敞开

灵魂变得陈腐

还是季节来来去去

年岁掩盖了前途归路

眼前的诗稿

这引领我来到山中的地图

漫漶不清的羊皮纸

隐含着黑暗的花蕾

随时会陷入空虚的埋伏

光阴所指

就是开始悲伤的界石

就是明明知道不能自拔

却不得不迈出的一步

2004 年 4 月

树

老师讲到了一棵树
他说：这是族谱　这是某个人的某个孩子
绿色的大幕徐徐拉开
谁的家里充满风和鸟的细语

2004 年 4 月

台风云娜

台风云娜抵达这座城市时
我在街上　像一只湿透了翅膀的
乌鸦　小心翼翼踮起脚尖
保护漏水的鞋子

乌云　恐慌的羊群
这些惊弓之鸟
按照天气预报准点到达

我看不到那来自海边的
女人　名叫云娜的女人
但在这个多雨的周末
是她　让我潮湿的心脏直接面对
遥远的南太平洋

2004 年 4 月

解读《喜马拉雅》

——解读 1988 年 6 月的海子

你是谁

饥饿

怀孕

把无尽的

滚过天空的头颅

放回天空

海子在 1988 年西藏之行的一系列作品中频繁使用了怀孕和头颅这一类词。怀孕，新生命的酝酿和等待，充实感和厚重感以及词源的背景暗示，使词的力量在他的诗中发挥出耀眼的光芒。在海子的诗之外，站在青藏高原的蓝天和群山之间，怀孕这个词会自然映入你的眼帘，冲进你的脑海。

我从大海来到落日的中央

飞遍了天空找不到一块落脚之地

今日有粮食却没有饥饿

今天的粮食飞遍了天空

找不到一只饥饿的腹部

诗性生活和诗意表达的贫乏和饥饿，对于诗人而言是常在的，是无法摆脱的困境，是一生的阴影和病痛。但在神秘而高贵的世界之巅、喜马拉雅之巅，诗意的盛大，超出了诗人惯常的语境，所以"粮食飞遍了天空，找不到一只饥饿的腹部"。

　　　　更加饥饿，奄奄一息
　　　　草原上的天空不可阻挡

　　生活的铁蹄是不可阻挡的，还有更多的东西不可阻挡，诗意的缺失和纯净世界的沦陷是无法挽救的，而诗人的残酷处境就是必须面对肆虐的车轮。内心极端渴求诗性的温暖却必须承受冷酷的现实，这是海子的悲痛，也是所有诗人的悲痛。

　　　　　　　　　　　　　　　　　　　　2004 年 5 月

我的七种可能

我会更瘦　瘦到弱不禁风
像裹在包袱里的一根稻草
那时再没有多余的胡思乱想
只剩下必要的骨头
支撑行走的姿势
支撑着和别人一样的日常生活

我会双目失明
在一个黎明到来前瞎了眼睛
那时我放弃了上路的念头
沉浸在温暖和孤独之中
一团漆黑来紧紧握住我的双手

我会有一对双胞胎女儿
她们在我的掌心舞蹈
在我的掌心葵花一样生长
我会一天天枯萎
最后消失时像一阵烟尘掠过她们的金黄头发

我会爱上一个南方女人
不知道为什么

只在擦肩而过的黄昏

我睡去

梦里流了幸福又悲伤的泪水

然后醒来

收拾好随身携带的匕首和其他凶器

我会远走他乡

就像一个挖煤矿的人

掏空一块土地

再去别处寻找更深入的黑暗

最后在大地深处遇上洪水

变成一堆支离破碎的石头

我会变成陌生人

早上醒来认不出自己

但我还记得一贯的早餐

所以　尽管陌生

但不会成为大家的敌人

2004 年 6 月

小 诗

夜深了

但是雷电到来
在夏天的黑处
内心的事物占据更广阔的阴影
只为了忘记
却更接近伤感和
一首古代的诗歌

2004 年 6 月

春 分

一

波浪绵长
桥下
赤身裸体的人抖开渔网
今天是春分的时候
油菜开花
不知道他会收获多少
住在河边的人
每天面对流水
会不会感到越来越巨大的空虚

二

堤上有人走来走去
像是个月光下散步的盲人
还有女子
就着流水的声音洗衣
"看不到岁月的利刃"
春分的时候

我从外地来到河边

三

说到了岁月
河水其实并不平静
捕鱼的人一次一次失望
一次一次像个傻子一样张开双臂
有人在岸上放焰火
一声巨响　看不到的绽放
谁能掩饰落寞

四

除了一些无关痛痒的废话
你没有办法倾听我内心的颤栗
坐在河边
面对溜走的兔子
软弱的双手
举不起猎枪
我没有诗情画意
在春分的时候

2004 年 7 月

想为你写一首小诗

我只想为你写一首小诗
在夜色淹没我的这一刻
无声的情绪像大地的影子
怀抱孤独的诗人
我这时是一片隐身的叶子
只想在风中为你写一首小诗

一片叶子　陷于黑暗
怎样说出心中的狂想

我只想为你写一首小诗
在月色开始朦胧的这一刻
让自己闭上眼睛　关上倾诉之门
只在月亮的花香中感受你的气息
我这时是一只蚯蚓
只想在土地的怀中抒情

一只蚯蚓　陷于黑暗
怎样在泥土深处寻找黎明

2004 年 7 月

下　午

下午　我就这样坐着

面对着窗户　还有远去了的

阳光　时间的河水漫上

河岸　漫上我干枯的手指

简直和温暖的细沙一样

我更加孤独　也更加

爱上我看不到的落日

虽然明天还是会下雨

我总会在窗前等候　潮水褪去或者涨起

来淹没我的双脚

2004 年 7 月

阳台上的花开了

阳台上的花开了
对于夏天　这究竟是于事无补的
小点缀　还是红光闪现的
锋刃　或者是不得不面对的
突发事件

这株开花的月季
能和巨大的夏天拉开多少
距离　或者填补多少
空虚　就这样　它在阳台上
在我和夏天之间画出一道
鸿沟

2004 年 8 月

谭 飞

谭飞去甘孜了

谭飞离我很远　广州
在南中国的边缘
她打电话给我　说她要远行
她要去甘孜　这时
我正坐在这座城市的市场上
拨拉算盘　计算出卖灵魂的成本和
毛利润

谭飞离我很远　去年夏天
在日喀则的一盏酥油灯前
我们曾一起膜拜那座正襟危坐的
神祇　我很随意　她却是
因为内心的宗教被天堂之火点燃

谭飞离我很远　在这个
茹毛饮血的年代　我也不相信她
可以脚踩一根芦苇渡江
仅仅依靠一棵青菜　度过
南中国阴冷潮湿的冬天

谭飞离我很远　何况她要去更远的
甘孜　那一定是个完全陌生的
地方　但一定有盛大的精神
在雪山上闪光　一定有歌声召唤
舞蹈的灵魂奔向人迹罕至的
阳光牧场

谭飞离我很远
而我　离她更远

2004 年 8 月

荆　州

是谁在哭泣　雨夜
那个拉二胡的人　真的
知道我的
悲伤吗

2004 年 8 月

橘　子

我就知道　一群橘子会在秋天横行霸道
多么虚伪的风景　看上去如此充盈的
灵魂　还有甜蜜的含义

而一群橘子　金黄闪亮
让秋天的行人无法避让
都跟随水果的指引误入歧途

其实我们都误解了彼此
尽管橘子摇曳不定
就像栖息在枝头的一只鸟雀

孤独的橘子　剥开季节成熟的表皮
暴露内心的柔软
剥开曾经的　姑娘一样的青涩

我就知道　并没有人想念橘子
没有人敢于正视窥探的眼睛
尽管虚假　却来得迅速

橘子　南风中最后的果实

还有谁　会真正等待
没有到来的那个人

2004 年 10 月

看到劳尔和他的哥哥

劳尔　年迈的劳尔
头发花白了
像是头顶着一场不该到来的雪
想要掩盖往事中黑色的那部分

劳尔　曾经那么年轻
在北美洲刀子一样的阳光下
茁壮得像一根紫红色的甘蔗
迎着加勒比的海风歌唱

还有他的哥哥　还有他的朋友们
那个医生　在一次外科手术中
被别人按照解剖书上的图例
把灵魂从骨头上切下来

他们都老了　淡忘了年轻时
围坐篝火　用吉他弹奏的曲调
墨西哥人最爱的那种
忧伤的情歌

还有恨过他们的人

也变的感情用事

毕竟大家都过了

在夜里独自策马急驰的年纪

劳尔　和他的哥哥

我在电视里看到他们

如今都成了慈祥的长者

在轮椅上微笑

那个时代已经结束了

手枪也锈死在时间的脸上

只有远去了的人

还活着　活在暴风雨的核心

活在我们看不到的地方

2004 年 11 月

北方遥远

北方遥远
那是梦想中
晴朗的故乡

坐在门前等待的孩子
并不急于度过轻快的上午
麻雀们
匆匆掠过田野和麦场
镰刀开始冬眠的时候
还有谁比这群饶舌的农民
更加殷勤

而静静坐在风中的孩子
思念着即将到来的冬天
牙齿雪白的
冬天

2004 年 11 月

咖　啡

一杯咖啡

一只深褐色的眼睛

比孩子的天真还单纯

嘲笑着我的孤独

忽然像个受了伤害的女人

从杯子里跳起来

抓住了我的

喉咙

2004 年 12 月

淅　河

算了　不走了
就在这里住下
就在这淅河边
安静的随州古城的影子里

何况这样黑的夜色
何况开始下雪

我从多么遥远的地方走来
一路匆忙　翻山越岭
不记得路过多少河流和花园
不记得路过多少城市和灯火

只有在这里
在向你挥手道别的时候
心里的念头吓了自己一跳
我想　算了
不走了
就在这里住下
就在这淅河边

安静的随州古城的影子里

2004 年 12 月

眼　睛

来自秋天深处的暗示
一片忧郁的落叶
或者下午猛地停下脚步
眼睛背后无法探寻的海
给我一段题目
却又关掉所有的灯

2004 年 12 月

这个冬天

这个冬天的

每个早晨和夜晚

都在下雨

整个季节像是一条

湿透了的落水狗

爱情开始动摇了

有湿漉漉的电话

从远方打过来

很多人

在这种天气里　很多人都变得脆弱

包括我　知道

不能再用从 1 数到 100

这种简单的办法

度过这个冬天了

2005 年 1 月

楚　王

一、马和长剑

我曾经是楚地的王
高冠博带
黄罗伞盖
四驾的长车踏遍斜阳
我的腰间悬挂九尺长剑
每当子夜时分
透过它　可以看见
铸剑的炉火前
清秀越女浅吟低唱

我是楚地的王
策马驰过江汉之间
亲近黎民
游戏于每一处水岸和菖蒲

我是楚地的王
离开平原　回到郢都深处
在烛火的阴影下

脱去绫罗和甲胄

我只是一个弱小的孩子

顾影自怜

沉溺于抚摸自己未老先衰的

身体和面颊

二、仇和懦弱

我清楚他们对我的敌意

但这是为了什么

星象陷于迷乱的深夜

他们在遥不可及的国度里

伴着巫师的音乐

诅咒我的祖先

诅咒我的肉体和命运

那个人　被痛苦扭曲的

手指和须发

他是上天赐给我的

亲人和仇敌

其实我爱着他　还有他的父兄

还有所有被我的宝剑处死的灵魂

我深深爱着他们真诚的仇恨

三、袖和女人

弦乐　诗篇
章华宫外月光袅袅

袖　还是我初识的
那个女子吗

我知道　再过一千年
她依然爱着她多病早殇的
孩子
也同样爱着我

四、梦和情人

在高高的山顶
风吹过
梦境一样的薄雾
我真的触摸过
她如玉的肌肤吗

早晨　宫闱之中的
异香环绕着我
她是不是来过

但真的远去了

我知道
再过一千年
她飞扬的裙裾
也不是在召唤我

五、逃和风景

我厌倦了湖泊　　恨那些
伪装成哲人模样的渔夫
从日出到日落
都在高唱低和　　面向流水
从不曾抖开手边的渔网

我要逃走了　　向北　　绝尘而去
让追索我的敌人在路边叹息
他们焚烧我的宫殿
他们想象我轻盈逸去的身影
他们在楼阁燃起的烈火前
捶胸顿足　　痛不欲生

我逃走了　　像一只白色的兔子
用我喜欢的方式
读到这个故事的人　　都觉得

我设置了巨大的隐喻

六、我和春秋

翻开典籍

我仍然感觉到马镳上

环扣的青铜质地

我曾经是楚地的王

那时我还年幼

尽管有时下颌贴上假髯

喜欢招摇

喜欢把快乐和愤怒写在脸上

如今我仍然在楚地

流落民间　　长大成人

有时读到从前的日记

读到从前的血和爱情

笑一笑

默不作声

2005 年 3 月

再读《人生》①

——她永远不会恨他，她还爱着他。

我的姑娘，抬起你的眼睛
请看着我心底的湖水
请摸一摸我火热的胸口
是什么让我在微风中颤抖
让我面对金黄的夕阳
脸上淌满泪水

我的姑娘，岁月短暂
放开你的手也许
再没有机会亲吻你的面颊
放开你的手
就过完我一生的光阴

我的姑娘，你给我的烙印
会伴随我的生命
你给我血液里融入你的气息
告诉我要一直在分手的路上

① 又读路遥的《人生》。爱着远去的路遥，爱着他的巧珍、他的孙少平，爱着我的人生和爱我的姑娘。

长久地等候

我的姑娘，因为爱你
我愿意做自己永远的敌人

2005 年 3 月

我和我们

一、韩信

月光如水的夜里
香樟树疏影婆娑
空荡荡的院落
年纪轻轻却须发尽白的我
此时怎能安然入睡

我想起多年前同样的月夜
又看到英俊的少年萧何
他身后飘逸的黑色披风
摇曳魔幻般的诱惑
他的红马　像一朵狂热的
火焰
我总觉得那一夜
是一只燃烧的大鸟
在追逐我

二、萧何

在内心
我一直是个女人
后来到了关中
我细心地经营每一处田畴
每座宫殿
缝补年久失修的道路
抚慰负伤退伍的战士
探视失去丈夫和儿子的
妇人　和她们以姐妹相称

我夜夜到灞桥前
远望
晨露开始湿润柳梢时
我跨上红马　驰回咸阳
任凭泪水打湿衣襟
任凭黑色的斗篷在身后飘荡
像一只巨大无朋的鸟
在晨光中展开翅翼

三、刘邦

我不喜欢他们

我几乎不喜欢所有人
对于一个只想过简单生活的
亭长
无数的战争几乎让我崩溃
也许我已经改变　变成了陌生人
甚至根本就是被那条白蛇附身
"我是个被命运劫持的人"
想到这里
我变得轻松　召唤随军的两名少女
为我洗足　随手拿起案上的诗集

中军帐外　月朗如昼
有兵士用某处的乡音传唱刁斗

四、韩信

黑暗终于像潮水一样掩来
我要回到床榻上去
享受我生命中
最后一刻安宁

他已经为我设计好死亡的仪式
热切的　就像当年为我谋划
金戈铁马的征程
如果没有那个月夜

如果不是在一片盛开的桃花前相逢
也许我会是一个悠然的教书匠
一个刀笔吏　或者是一个擅长淮扬菜的
厨子

最后的夜色退去之前
我悄然阖上双眼
在最后一次看到萧何时
我会提出我一生的疑问
"到底是命运劫持了我
还是我投靠了命运"

2005 年 3 月

我要去新疆

路过敦煌　路过翩翩而舞的仕女们

路过星星峡　路过寒夜里无语相望的

满川的石头

我要去新疆了

像一个真正出门流浪的人

把钥匙放在窗台的菊花下面　然后

路过戈壁、山和无数的池塘

我要去新疆了

像是一个开始快乐的煤矿工人

握紧钟表　走出漆黑的巷道

新疆有多远啊

葡萄就有多甜

数不清的美酒和歌谣

广大的事物在阳光下袒露无言的美

还有坚定细小的生命

不需要水　只要命运

是的　在这个秋天来临的夜晚

我决定不要太多的东西

只要生活在新疆的

怀抱　哪怕只有一瞬间

2005 年 3 月

无　题

孔子说："贤哉，回也。"
秦嬴政说："长城。"
刘邦说："竖子，烹之。"
曹操说："对酒当歌，人生几何？"
嵇康说："世无英雄啊，世无英雄！"

三藏剃度出家
到外地学了若干梵语
变得像个异邦人那样偏执
要在尘世塑造佛祖

安禄山写信给史思明
拾柴的老汉捡到贵妃遗落的金钗

朱元璋在金陵："缓称王，广积粮。"
天下一片安康景象

到了叶赫那拉氏的寝宫
方砖墁地
出门不远　可以看到地坛天坛

山河遥远
先人想到的办法都一样坦诚
都想筑起城墙把季节轮换挡在外面

2005 年 3 月

秋 风

怎样正确命名一阵秋风

那么突然

落叶转身的瞬间

到来然后离去

给我感动又带走我的诗句

独坐深秋

看着大树老去

变得和我一样两手空空

它那么安详地站着

看着别人拿走他一生的金子

2005 年 3 月

春天的片段

我看到

戴墨镜的男人走出阴影

举起轰鸣的手术刀

顿时春天的每个角落

充满青草骨折的声音

和绿色的血液飞溅出的

新鲜气味

或许在某处春日的

阳光下

有人正在享受

来自伤害和杀戮的快感

而此时

那个戴墨镜的园丁

我看不到他藏在漆黑玻璃后面的

眼睛

2005 年 4 月

建　筑

一、电梯

沿着建筑的内部
巨大而且封闭的电梯
是建筑腹内的隐居者
穿行在石头怀中
提升我的身体和
对于建筑的怀疑
或者是建筑的子宫
使我只要进入建筑的门庭
就成为建筑的儿子

建筑空虚的内部
时光隧道
灯火通明的电梯
抱紧我
要穿过建筑心中坚实的黑暗

而建筑的外面
天蓝色玻璃上云的倒影

建筑的表面
一切那么光明

二、屋顶

我钟情于在天黑以后独自坐在
某一座建筑的屋顶
这座建筑最高的地方
可以倾听　可以倾诉
可以什么都没有
只是坐着

建筑脆弱
在它的屋顶上我知道它的
性格
知道它是个活得简单的
房子
至少希望活得简单

三、螺旋楼梯

沿着螺旋楼梯
沿着人生方向
建筑还只是孕育在稿纸上的时候
一支铅笔决定了

我的脚步

其实在此之前

血管里总是有血液在流淌

沿着自己的方式迎接

沿着别人的方向成长

走进来和

走出去的人

除了真正流过血的

谁知道所有踏上第一步台阶的人

都被同一道公式计算过

对于建筑　哪怕只是因为迷路

莽莽撞撞闯进来的你

也早在意料之中

四、血管

建筑　在第一盏灯点亮之后

就是一个活着的动物

虽然直到被遗弃他都没有开口说话

没有　皱过眉头

但是建筑　始终活着

即使停电的时候

他仍然睁着明亮的眼睛

2005 年 4 月

大　伯

一个人的命运是灰烬

紧紧咬住大地的衣襟

————题记

一、刀客　少年

南塬下点起篝火

刀客们摆开盛宴

狂欢之夜

生铁锋刃不再躁动不安

这时的大地甜美如金黄的蜜糖

如盛开的油菜花

星星　数不尽的蝎子的眼睛

高高挂在地主的仓房

那些女子　让人愤怒又思念的枣树

远去了　投入谁人怀抱

今夜不必警戒

放声唱出你的忧伤

唱出你幼年爱上的那个穿红袄的妹子

唱出你的母亲

她已死去多年　入土为安

今夜不必掩饰

虽然日日身藏利刃　喋血如饮水

可你的心在今夜柔软如月下的渭河

大伯　被我的祖父抱养又逐出家门

面色漆黑的少年　刀客

今夜像真正的土匪一样

在南塬下饮酒作乐

二、驮队　延安

清涧的石头瓦窑堡的炭

大伯的五匹骡子

风餐露宿　跟着北斗离开南山

还有米脂的婆姨

那个辫子乌黑的婆姨

走向延安的黄土路上

大伯心不在焉

向北　洛河川　黄河川

延河拐弯的下午　谁在对面山上歌唱

谁在夕阳里赶着三十九只羊

在夕阳里唱着无人能懂的凄凉

火烧云　漫天金黄的小米汤

崖畔上站岗的南方少年

抖一抖土布军装　白皙的脸颊

闪现故乡的稻田和山冈

风中的红旗　尖叫着

以一种革命的姿态占领饥饿的天空

我的大伯　三十匹白布　五担麦仁

穿过延安的石板街巷

清脆的铁蹄声落在延河的浪里

"那个米脂女人"他说

他的对襟汗衫里包裹着

狂风一样的梦想

三、老井　传说

关于家族的传说

关于关中道上　曾经的少年刀客

像其他传说一样

已经变得漫漶不清

毕竟　大伯坟头的荒草已经

淹没他的人生和故事

村子西头的老井

湮灭之后又被族人清掏

苦咸的黑水再次喷涌

然后在鞭炮齐鸣　喧天的锣鼓声中

有人为无所追查的传说树碑立传

可是真正喝过老井水的人们

他们被黄土埋葬的故事

会被子孙后代记住什么

谁会记得他们　咽下每一口盐碱时

心里在呐喊什么

2005 年 4 月

走过凤凰

穿过人群
穿过小说中遥不可及的年月
在斑驳的暮色里来到
无声的水边
看一看木楼中的灯光
是不是真的等我
一等　就是很多年

现在要走很远的路
不像从前　只要骑上马背
就已经到达
山中的明月
静悄悄的
不会惊动沉睡的亡灵

而水上的船
还是那么年轻
飘荡在可有可无的
长河里

2005 年 10 月

孩子（二）

孩子　来

让我抱着你

不要管身后那些

追逐你的石头

追逐你的洪水和野兽

孩子　不要害怕

来　让我抱着你

孩子　来

让我抱着你

天空塌陷时星星都落入深渊

黑色恶魔从地下伸出黑色的手

就像你从噩梦中惊醒

到我怀里来

孩子

让我抱着你

孩子　来

让我抱着你

你妈妈已经出门　翻过了远处的群山

都在叔叔身后

你只要在我的怀里

她去为你采集最好的粮食

最白的棉花

她会回来

相信我　孩子

在你入睡的每个夜里

她来细数你的呼吸

在天亮之前绝不离开你

孩子　来

让叔叔抱着你

不要哭　像叔叔这样

含住泪水

他们把你留给我

因为他们知道　我们都会坚强

孩子　来

让我抱着你

像抱着一朵安静的花

所有的恐惧　所有心怀叵测的

河流

孩子

在我怀里

你会长成大人

像所有人想象的那样

2005 年 12 月

年

——他看风　他们戏弄门口的神

年　穿过风雨的午夜

拿走我前半生的光阴

用多么简单的借口

借走了我全部的金子

在这个时候

我变得孤单　比所有人都

更需要安慰　更需要

陌生十指抚摸逐渐变得僵硬的

双腿

这个时候

谁会理会这个

坐在门槛上

刚刚破产的年轻人

2005 年 12 月

写给周和他早夭的女儿

从摊开的书页中
我看到你的
花儿一样的女儿
这就是巨型伽蓝鸟衔来的
新生骨肉吗？

灵魂闪烁光芒
蓝色音乐从泪水的湖底升起
她把生命的珍珠献给你
为什么到了你的手心就变成
一颗舍利？

这孩子　如同所有的孩子
来自幽远的　我们背叛了的
故土　沉默的信使
她突然到来　又远去
难道我们的罪过还不能
得到宽恕？

风过去了　河水依然流淌
还会有孩子接踵而至

我们还要坚定地活着　生长

就像诗人说得那样

因为

有那么多该走的已经送别

还有那么多该来的需要我们迎接

2006 年 1 月

隐秘的百合

隐秘的百合

早于春天到来

可能在一所我不知道的暗室

绽放弥漫的芳香

但是

我听到召唤

召唤缺少水和盐分的心灵

召唤在冬天独行的一个病人

隐秘的百合

盛开在夜空

于是黑暗更加黑暗

空虚更加空虚

但是

星光开始闪耀

大地开始孕育

久病的人停下蹒跚脚步

紧紧握住手中的药方

2006 年 3 月

滕王阁

长堤夕阳
岸上的青草一定是黄了又绿
野牧的红马去了哪里
随手插下的柳枝真的长成了
漫漫长林

送别的那只羽雁
最终到过衡阳吗
放生的那一尾鱼
是否溯江而上

还有那一汪江水呢
那一壶没有斟完的酒呢
那个回眸的使女呢
醉卧时的那一段梦境呢

你的诗　我的诗
如今不忍卒读

是啊
散去时大家都还年少

头巾都是鲜艳的颜色

跨上马　没有人回头

再回来

楼上还有五彩的栏杆和

描画精致的祥云

向西远望

你们真的像当年说的那样

去了遥远的长安吗

　　南昌，上滕王阁，有据说是东坡手书的《滕王阁序》，读到"关山难越，谁悲失路之人；萍水相逢，尽是他乡之客"，忽然要潸然泪下，是啊，谁会为失路的旅人伤心感叹？即便没有萍水相逢，谁又不是他乡之客？

2006 年 4 月

你听 下雨了

你听，下雨了
雷电这时屏住呼吸
风熄灭　潮水开始涨起
湿润的唇掩上堤坝和石头

你听，下雨了
窗外的夜色坚定又隐秘
仿佛洞悉一切的眼睛
对于她　我们都像婴儿一样袒露

你听，下雨了
失望的人跨出帐篷
无边的夜雨
哪里可以找到走失者的足迹

你听，下雨了
在所有和雨有关的房间里
我都不能安睡
只要闭上眼睛　就淹没在河里

你听，下雨了

病痛变得格外清晰
还有趁机撒下的种子
在花园的角落贪婪生长

你听，下雨了
逃难的人都无处躲避
那就让我们湮灭火把
到山脚下静静守候

你听，下雨了
雨　一场注定的劫难
在湿透的山林里
我们不用再坚持多久了

2006 年 4 月

将军令

风很大
帅旗上的红缨乱了
战马的长鬃纠缠
镔铁铠甲铮铮作响
我的心　不乱

看不到敌人的眼睛
听不到琵琶
阵前的呐喊声随风传得很远
低下头
马蹄前　有螳螂挥舞长刀
要捍卫深秋最后一叶绿草

此时的长安应该是华灯初上了吧
庭院前槐树的落叶谁来清扫

到了读书写信的时辰了
拨转马头
招呼传令的紫衣军曹：
我先走了
风住时就鸣金收兵吧

不必等到弦月挂上城头

2006 年 6 月

毕　业

我送你到宿舍门口

你说真快啊

一转眼就是四年

我说是啊是啊

四年就是一转眼啊

然后我们竟然很礼貌地握手

然后你说谢谢

再见

我什么都没有说

这时冬天

梧桐树的叶子早就掉光了

但是从我转身走开

一直下雨

那个晚上一直下雨到天亮

2006 年 6 月

中午的车祸

中午　短暂的阳光开始倾斜
突如其来的叶子拒绝春天
收割啊　收割
神的手指细长

不要惊慌
用双臂抱紧自己
有人来的时候
大家都感到温暖

没有人在恐惧中度日如年
我们都温暖
温暖而激动
只有神的手指细长

于是　尖利的嘶叫声
这不是为了掩饰
在岸上　或者干脆就是路旁
面对滚滚的人流

只有神的手指

冰冷　细长

2007 年 3 月

七里香

孤独的舌头不知疲倦
在风中一遍一遍练习谎言

脸色苍白的诗人
闭上眼睛
空气中的呼唤如此潮湿
就像一双容易出汗的手
追逐奔走的耳朵

捏住自己的血管
捏住身体内部的流水线
歌声在空洞的夜里响起
面对喋喋不休的嘴唇
没有比这更直接的揭露和
伤害

窗外　秋天疲惫而凄美
孩子无辜的脸颊闪现
七里香　季节中无法逃避的花朵
在寓言的废墟上　悄然绽放

2007 年 3 月

给我的女儿

你的眼睛睁开
我的世界开始闪耀光芒

你的眼帘垂下
我的星空月色升起

不知道　是我带你来到这个世界
还是你让我认识自己
认识这个平凡的父亲

是啊　一个平凡的父亲
就像那个老人说的
每个人都是人类长河里的一粒沙子

但是　因为你乌亮的眼眸
这粒沙子是滚烫的沙子
这滴水
是沸腾的水

2009 年 6 月

病 中

只有此时
我比任何时候都健康

白色　开始或者结束
我很快乐
因为喧哗的地方
宁静如此深入人心

护士小姐
白色的人　来来去去
被切掉的部分
本来就不属于我

可以切掉
多么简单的办法啊
那些白色的影子
带走烦恼

进入我的身体
他们在水银灯下会看到血液里
欲望和道德吗

那些白色的蚂蟥

谁知道呢
没有人会吓一跳
他们每天更换白色床单

2010 年 1 月

有人问我是不是病了

红色的
血液的力量如此庞大
可以把我的灵魂轻轻托到天花板上

看看啊
那些忙碌的刀手
想从头绪繁杂的工作中
找到什么

我还是回去
老老实实做个小生意人
没有什么比本分
更能让人感到安全

这个小商人
躺在雪白的床上
窗外的香港路车水马龙
氧气面罩的那根细细的管子
成为联系我和这个世界的
最后的脐带

2010 年 1 月

喝 茶

举杯的人
愿把等在自身前方的
未知命运
交给 眼前
茶烟中呈现出来的
晦涩难懂的图形吗

2010 年 12 月

唱　歌

第一晚

对于这个晚上
我已经没有感觉
类似无数个晚上
识破繁华虚饰
识破在路口兜售药丸的人
那些真正可怜的人
他们中了自己的圈套
而彩色的旗帜
在黑暗的风中啪啪作响

我已经没有怜悯
因为被嘲笑
被她们茁壮的悲哀
狠狠扇了一记耳光
而她们莫名快乐
我还是这样　只能这样

第二晚

我们唱歌啊我们唱歌

想想年轻时候　想想

面对着暗恋的姑娘

她的眼波流动　我的嗓音苍凉

我们放声地唱啊

唱那首流行的麦浪滚滚

就像回到了北方

站在麦田中央

金色的锋芒来刺痛我们的心脏

唱吧　我们一起唱

还有纳木错草原上的牦牛

那个名叫奴央的藏族姑娘

我曾在一个秋天路过

她的牧场

唱吧　就像我们已经醉了

就像我们曾在一个遥远的小镇上

酩酊大醉

有人睡在街角的青石板上

柳树和屋檐　瘦弱的月亮

唱吧　我们肆无忌惮地唱
直到那个被称作妈咪的女孩
推门进来　　她那么单薄
却那么莽撞
拿来账单　点亮灯和现实
熄灭了音乐和幻想

2013 年 6 月

我在湖边散步

一

山湖静谧
潮湿的空气从林中升起
像刚刚清洗过的秀发掠过手指
月亮巨大安静
挂着山的尽头

瞬间失声了
人潮拥挤的地铁车站
只有闷热呼啸着席卷而来
天花板上的灯
突然全部点亮

听一听虫鸣悦耳
孩子们隐藏在路边草丛里
从《论语》到唐诗
五十种蟋蟀歌声嘹亮

巨型的机器

高举巨型手掌

房子　像羊群一样崩溃

最后留下的"楼片片"

有人朝它吹了一口气

它便轰然倒塌

还有菖蒲在波光中摇摆

银鱼跃出水面

亲吻月光

"啪"的一声

冰凉的水意漫过湖岸

那个卖西瓜的高个子

他随身携带的秤砣漫天飞舞

原来沉重的

他以为是收获　公平和欢乐

现在成了轻飘飘的

残忍　血腥和摧毁

我在湖边散步

一直走到山和水的深处

我在湖边散步

等待坏消息　等待更坏的消息

二

我在湖边散步

喧嚣的世界就在湖的对岸

轰鸣的发动机轰鸣

闪烁霓虹的夜空

霓虹闪烁

跨过湖水　　就是沸腾

我在湖边散步

一步一步

这身边的夜色

有寒气来包围我

三

鱼　　无数的鱼

在星空下的湖水上死去

尸体腐烂的味道

在星光下弥漫

我在湖边散步

目睹这些死亡和消失

没有别的

只是死去

在湖里

在夜里

2013 年 7 月

这一刻

这一刻

湖水安静

好像从来没有过风浪

这一刻

窗外安静

好像从来没有风景

这一刻

有人静静地在窗前凝望湖水

就好像他

从来不曾这样安静

2013 年 11 月

走过原野

我们走过原野

在朝阳初起的时候

就像曾经那样

草地上薄霜似雪

我们跨过小溪

不惊动流水

就像曾经那样

2013 年 11 月

我在桂花树下等人

我在一棵桂花树下等人

月亮都升起来了　人还不来

桂花都开了　人还不来

我就站在月光的花香里　等人

我就站在花香的月光下　等人

是啊　无论身边的世界多么喧嚣

无论街道上车行如潮

无论有没有月光　有没有我在树下

这一树细小轻微的花

都会怦然开放

只为花季　只为自己

2015 年 9 月

面对玫瑰

怒放的玫瑰
空虚的玫瑰
逃出樊笼的猛兽

不再贪恋风暴之眼
沉默着
被自己囚禁
被失去包围

2015 年 11 月

洞庭街

夜深处　穿过洞庭街

跟随妙龄女郎的背影

右转　是黑漆漆的民国　还是

黎黄陂路

残存的斑驳陆离

暴露在汉口的灯火通明里

饮罢堂会　步行到江边

此时的水陆码头上

长衫和旗袍已逝

在这江畔

只有对岸　没有当年

2016 年 2 月

曾经　我认识一个人

一

曾经　我认识一个人
后来　再也没有他的消息
其实他曾是我最好的兄弟
那时候　他说要做中国的马拉多纳
那时候　他长长头发乌黑　牙齿雪白
南方人的个子矮小
他在雪地里奔跑
跟一个胖子争抢破旧的足球

我们在宿舍的阳台上喝酒
我们喝酒　唱歌
从一颗花生米到另一颗花生米
从一场雪到另一场雪
从一个冬天到另一个冬天

自从离开东北那个雪地里的城市
他就变成了我曾经的兄弟
后来　有了传呼机　有了手机

后来有了 QQ　有了微信

有了很多我们不懂但是离不开的东西

有了很多比我们自己还清楚

自己是谁的东西

但是　一直没有他的消息

一直没有

据说　只要知道那串数字

十八个数字排成一行

就有办法找到任何人

不管他在哪里

不管他变成什么样子

但是　我不知道

属于他的那串数字

所以　我永远也不会知道他在哪里

所以　我曾经认识一个人

在滴水成冰的回忆里

他　曾经是我最好的兄弟

二

曾经　我认识一个人

年代过于久远

以至于我不记得他的名字

那时候　他是我们的大老板

我刚刚中专毕业

在他的工地上做技术员

他很幽默　在大会上开玩笑

底下人们笑成一片

可是　有一次我在工地门口看到他的背影

佝偻着　肩膀很宽厚

向前迈出大步　脚重重踏在地上

后来我离开了那个工地

后来听说他得癌症死了

今天我去一个单位办事

把车停在门口

忽然想起二十年前的夏天

我就在这个工地做技术员

那个夏天的某个中午

我看到我们的老板

身材肥大　情绪低落

从工地走出来

今天　我却想不起来他的名字

三

曾经　我认识一个人

现在忘记了他的名字

他总是找我　总是找我

因为他售卖灭火器

那时候我有权力帮他做成一笔

不大不小的生意

有一次　他突然跟我说："我写诗！"

然后　从帆布包里拿出一沓稿纸

初中生用来算题的那种稿纸

他说是他写的诗

字写得很粗大

有些歪歪扭扭

他说："听说您也写诗！"

我很尴尬　连忙说："没有，没有。"

今天在路上开车

忽然想起这个人

很多年没有见过他了

很多年没有人跟我说过："我写诗！"

很多年　没有见过谁说："我写诗！"

2016 年 5 月

水边的猫

水边的猫

这个世界充满敌意

诱惑　陷阱　欺骗

散发着青草的芬芳

伪装成会唱歌的糕点

于是太多的鱼和太多的青春

都成为虚妄

水边的猫

一生是一部描写仇恨的　小说

2016 年 8 月

武昌江边

江上起了大风　有雨
武昌很冷
对岸繁华　与我无关
寒夜正当煮酒
可惜没有故人

2016 年 9 月

中　秋

一

我在如水的月光里走路

像那些惧怕死亡的人一样

我们都信仰

走得越多　会活得越长

其实　谁都知道

今晚的月亮

并不比去年的今晚　亮得更卖力

也不比　一万年前的今晚　亮得更卖力

可我们还是信仰

走得越多　会活得越长

二

我在如水的月光里走路

遇到一个仙风道骨的人

其实　他和我在同一栋楼里工作

经常看到他

胡子拉碴　留着长长的头发

穿着拖鞋上班　朝九晚五打卡

虽然　我不知道他的爱恨

不知道他的过去和未来生涯

但能感觉到

他的生活不紧不慢　松松垮垮

今晚　在如水的月光里遇到晚归的他

忽然觉得　遇到了一个仙风道骨的人

三

我在如水的月光里走路

能听到工程们强大的刺刀

戳穿大地的软肋

呼啸而去的渣土车

把城市碾碎　碾得粉碎

再把灯光之外的每一寸田野

用瓦砾掩埋

趁着月色　那些无辜的杀人者

他们步履沉重　气喘吁吁

不知道是追击　还是逃亡

而终于　会有人面对数不尽的窗户

无家可归

我在如水的月光里走路

仿佛　走在一万米的矿山深处

仿佛　一个盲人　忘记了泪水和哭

2016 年 9 月

苏州印象

一

苏州城里下雨了

白了头发的伍子胥从老巷深处蹒跚走来

这个没有故乡的楚人

没有爱　没有仇恨

看不到风景　闻不到花香

只是　伴他一生的长铗

在匣鞘里夜夜轰鸣

让他心烦意乱　永远无法入眠

让他一次一次把苏州的桂花

误认做章华台下的桂花

让他把苏州连绵的雨

误认做莫愁湖畔连绵的雨

这个忘记了自己方言的楚人

在城中终日游荡　特别是下雨的时候

他不是寻找故人故事

他想给自己　找个可以安葬的地方

二

投我以木瓜　报之以琼琚
不要问　为什么要对你这么好

在下雨的苏州城里
文徵明种下的那株青藤
已经卸尽繁花
画家和诗人们远去
石桥还在
桨声和船影陪伴了河水几千年
我又能陪伴你多久

庭院深处　桂花如期盛开
年复一年　此时枝头挂满青绿的木瓜
还有没有人　知道它们可以换来琼琚
知道它们　　已近成熟

三

我本来在一个叫做桂的地方
夜以继日烧制木炭
在熊熊的炉火前饮酒
在烟雾里疲倦地睡去又醒来

是哪一场梦里

我穿着锦绣的龙袍

骑上高头大马

马蹄踏过江南才有的石板小巷

身旁　都是我的亲人

但他们不认识我

有花香袭来　让我身负重伤

梦中　苏州城里的雨

从始至终

惊醒时　仍是黑夜

窑前炭火炙热

我躺着　　湿透了衣裳

2016 年 10 月

我想造一座房子

我想造一座房子

一座石头房子

老裴答应过我

那个长头发建筑师

或者曾经的诗人　叼着烟斗

说　设计费另外再算

在故乡的田野上

其实就是在村里

六分六厘的宅基地

我想造一座房子

二百年不倒

无论黄土沉降　无论盐碱侵袭

无论那时你我在哪里

就是一座房子

干净　沉默　由南山的条石筑就

家族　我爷爷的经历

木讷如一件遗物

而天空的晴朗

和可望而不可即的秦岭

隐秘的渭河

背弃渭北的麦田而去

都不管他
只有一座房子
条石筑就　二百年不倒　在东南西北风里
忘了主人是谁

2016 年 11 月

湟水河

西宁的街巷　陌生地方
路边的穆斯林裹紧皮袄的胸襟
他的祖先是否真的曾经铁弓弯刀
祁连山下牧羊　黄河滩头喂雕

十多年前　我从城外策马而过
没有在这里生一堆篝火　洗洗风尘
那时候　哈尔盖　茶卡
前方的名字都像滚烫的手
紧紧扯住我的缰绳
现如今　反穿羊皮的盐贩子
早就在湟水河里洗手上岸
连那些誓言要毕生流浪的诗人
也爱上了华丽的衣裳
只有不远处的柴达木
在寒风四起的夜里
我依然能感觉到它的孤独和荒凉

2016 年 11 月

湖边随想

鱼　从水中一跃而起
冲进另一段更空虚的黑暗
然后　重重地摔回它的现实
不知道　它会怎样回味这段经历

最可怕的
不是得到了又失去
或者期盼的　无法得到
最可怕的　是忘记
忘记了曾经历的
忘记了曾向往的
伤口变成疤痕　最后淡了
痛楚变成忧伤　最后忘了
深渊变成浅塘　最后干了

2016 年 11 月

东　湖

深夜　我在东湖边走路
雾霭漫过岸边枫杨树的冠盖
一湖的波澜都向我而来

很多人曾在这水中沐浴
濯缨者弹冠而去
濯足者跌足而歌
还有对岸的行吟阁
屈子醉卧

而我的悲伤
不过是水中的一株水草
或者一枚落叶
在深秋的东湖里
无足轻重　又痛彻心扉

2016 年 11 月

青岛之夜

一

走过一个路口
我看不到海
走过下一个路口
仍然看不到海

但是　我能够听到她的声音
来自世界深处的召唤
她的气息　引领却漫无踪迹
触手可得　又遥不可及
于是　我在醉酒的夜晚
为了走到海边
向遇到的每一个陌生人
轻声打探

二

北方的海　在深夜寒冷
那些没有穿衣服的海水

在风中跳舞

多么赤裸的节奏啊

一次一次相拥着跌倒

它们到底是为了温暖谁

2016 年 11 月

关　中

暖冬

路旁还有花开放

麦子提前分蘖

甚至　有美好的婴儿降生

背井离乡的人行色匆匆

孤身一人

穿过平原和山林

天黑前　消失在田野深处

古人传说中的怪兽

被画成了门神

我们传说中的怪兽

尾随在身后　瞄准了我们的孩子

过年了我要回到故乡

彻夜燃放爆竹

驱赶　祈祷　安慰自己

2017 年 1 月

二十年

二十年　是多长时间

月亮从圆到缺再到圆　是多长时间

一场雪化了另一场雪开始下　是多长时间

濒死到死亡　是多长时间

从他死去到我得到消息　是多长时间

举起酒杯　我就醉了　是多长时间

踉踉跄跄的男人

从街的这边走到那边

横穿一条道路要多长时间

微笑的女孩滴酒不沾

今天相识明天成为母亲

孩子的降生需要多长时间

往事突然开枪

击中心脏

坐在小酒馆自斟自饮的旅客

自说自话

流下一滴眼泪

擦干要多长时间

而城市

每晚都有夜归人

每晚都有不归人

到来　离去

再也不回头

未来　是多长时间

2017 年 2 月

三 亚

黑暗的大海沉默

海水沉默

连岸边的沙子也沉默

像隔壁冷酷无情的哑巴

给他一根绒草

沉甸甸的胖子

用自己熬油点灯

能照亮多少双

失明的眼睛

内心空洞

会不会显得步履轻盈

有多少人看上去庞大　结实

其实胆小如鼠

去街角的小店喝一杯吧

既然没有人愿意和我说话

那就离开海边

离开寂静无声的

是非之地

2017 年 4 月

胜利街

路过胜利街
迎面走来戴眼镜的人
似曾相识的　不止是路口的绿色邮筒
还有　人群如过江之鲫
好像对岸有美好的未来
其实忘乎所以的人
依旧赤手空拳

路过胜利街　走到长江边上去
想起这条街上的中药铺
医治好了我的隐疾
又好像　从那个药铺开始
我已经重病多年

2017 年 5 月

如果有来生　要做一棵树

如果有来生

要做一棵树

如果能做树

要做苹果树

一半在风中飞扬

一半在泥土成熟

一半要沐浴阳光

一半要撒下阴凉

你们都没有见过苹果树的一生

树上挂满了果实

一半在阳光照耀下变得火红

一半在阴影里绿得发青

叶子都落尽了

孤单的枝头只剩下硕果累累

你们都没有在果园里住过一个夏天

直到果子如叶子般落尽

可以把树下的竹床搬走了

任凭最后的果实腐烂在树上

或者泥土里

如果有来生
要做一棵树
如果能做树
不做榆钱树
不做洋槐树
不做香椿树
就做一棵苹果树

2017 年 6 月

玉溪（一）

小城的这条街道
竟然植满玉兰树
不是娇艳　肥美　浅薄的广玉兰
是馨香而隐秘
真正的玉兰

行吟的人开怀畅饮之后
在玉兰的树阴里
踉踉跄跄
跟着握不住的花香
寻找今夜的栖息之地

2017 年 11 月

玉溪（二）

其实不是这个城市的错误
午后的暴雨突如其来
又倏忽而去
只留下湿漉漉的旅客
茫然站在不知所措的路上
于是　他会想起故乡的湖泊
张开潮水的翅膀
还有岸边的女子　桉树林立
他想起远方他的女儿安睡
在干燥又温暖的梦中
于是　他可以原谅旅途中
所有的坏天气
可以原谅任何
充满敌意的远方

2017 年 7 月

青 海

拨亮炭火的人
在童年的冬天
艾蒿枯叶上的一粒寒霜
整个北方的大地苍茫

送葬归来的人群匆匆忙忙
天黑之前要赶回村庄
荒原上暮色袭来掉队的唢呐　呜咽着
抓不住远去的白色衣裳

牛羊安歇
失眠时沉默不语
裹紧皮袄的衣襟
关上了回忆的门

饮酒　饮酒
在北方寒冷的夜里
风雪来临之前
看看谁先醉倒

2017 年 12 月

春 节

过往沉默　未来将来

伸手迎接　空虚满怀

就像那本书　那本小册子上说的

变色龙会等到春天

和暗藏的　山谷里的风声

一颗石头　投入兑卦的波涛里

回响　水中却点燃了火

在岸边等待日出的人

眼里风平浪静

内心空旷

要聚沙成塔　铸铁成山

2018 年 2 月

大李村的雪

大李村的雪
在我出差回来的时候
还没有融化
牢牢把持着
这里的冬天

而我　下雪时启程
已经走过很多地方
换过不同季节的衣裳
在最南的南方　甚至看到了
漫山遍野的油菜花开放

回到大李村
屋檐漆黑
樟树下寒冷
原来喧闹的孩子们四散隐藏

大李村的雪
就这样在屋顶上坐着
好像是新的主人
好像一旦到来

就永远不会离开

2018 年 2 月

有人从景德镇来找我们喝酒

有人从景德镇来找我们喝酒
从那个瓷器　高岭土　烈焰炙热
炉火纯青的城市
来找我们喝酒　说说二十年不曾见面的
友情和彼此的人生

彼此的人生其实没有过多的不同
无非是岁月往复　无非是斗转星移
无非是身边的人走散了
无非是慢慢地　看淡了

而柏木还在燃烧　一颗沙子化为水
远黛近青　多少飞蛾相继
多少人　彻夜站在窑前不寐
蒙眬的眼里洞若观火

而我们　二十年不见
再见还是少年
或者是　燃透的木炭
或者是　炉中的泥坯

或者是　一盏青瓷　仰天长叹

2018 年 8 月

瞎　子

秋天里蝉在叫
我站在亭子边
刚刚下过雨
我难在我们就是喝不到酒

我就想起有天晚上
船停在瓜洲
夜里下起雪
我心里难受　就像现在这样

之前我们骑着马向西
马都受不了那边的天气
一直走
在刮起大风的时候
我们路过散关

再向前
就是长城了
那时候还是年轻啊
说了很多自以为是的话
说了很多伤人的话

说了很多　今天看来
让自己伤心的话

多年以后
在这里相聚
就在下雨的时候
我看到你我都有白头发了
我拉着你的手
就是说不出话来
就是说不出话来

2018 年 12 月

关于下雪

夜已深　雪还不来
酒和木炭　写字的手颤抖
因为成熟还是幼稚
因为炙热还是冰冷
因为丰盈还是空虚

为什么不下雪　这么寒冷又潮湿
还缺什么
是因为谁没有到场
从期待到心灰意冷
散场时有人离开　没有穿鞋

曾经在白茫茫的原野上
一棵榆树老而孤独
可是它站着　沉默
谁都不能说它已经死去

不知道雪会不会来
写字的人靠思念暖手
离席而去的人赤脚走过结冰的湖面
榆树　在梦想的荒原上站着

它经历过无数冬天

有的下雪　有的不记得下没下雪

2018 年 12 月

饮酒　饮酒

一

异乡而来的人
在江边饮酒
自然会想起另外一条河流
另外的水系和土地

想起村里年老的哑巴总想尖声呼喊　伸出右手
指向深远的天空
比树顶的乌鸦　更像
前来报丧的人
这样刺破　一个一个良辰吉日
让说媒的人转身就走
而赤脚医生　彻夜不眠
对所有的病人都束手无策

椿树　榆树　桑树
还有灌木一样的枸杞
被生活脱光了衣服
都站得挺直　一声不吭

冬天的田野上空荡荡的
一无所有
你看　一无所有
世界准备好了全部的礼物
就让你这样等着
非要你等到　明年春天

二

而我饮酒　饮酒
仿佛喝醉的是　另外一个人
下雨了　这时候故乡寒冷
应该冰天雪地
我说给他们听　他们不懂寒冷
因为我口齿不清

是因为我　离开山河太久
离开渭北　结冰的池塘太久
成了　水面上混迹江湖的旱鸭子

颤抖吧　不是在星空下
不可能获得这么真实的感受
如果颤抖能够让自己　害怕
如同风中坚守的黄叶

回到温暖的火塘边喝酒吧

忘了你从哪里来

忘了你曾经千杯不醉

又为何　一滴酒

在长江边　烂醉如泥

三

怒目而视的　还有瘦马

还有　涸泽而渔的鲫鱼

还有路过的秀才　就那么巧遇了

一千年才修炼而成的　狐仙

我在车上坐着　在关山大道

听人说梅花何处落　一夜满关山

听人说　不是这个车水马龙的关山

听人说　不是说开就开的梅花

不是说谢就谢的梅花

狼　一个故事和三个传奇

家传的翻皮袄

来到南方就成了累赘

家族的传说也成了累赘

有强盗翻越围墙

所有的家丁鼾睡　只有我举起灯笼

故事里冬季都是大雪封山

都是　孤独的狼衣食无着

对着笑靥如花的女婴

回头看到无数的星辰

陨落　如同天女散花

凝视的　有真诚　有愤怒

有爱着　对我初生的女儿

在饮酒　一直饮酒的夜里

真的想听她哭出声响

2018 年 12 月

关山大道（一）

真想停下来　和这个世界谈谈

想挥手拦住对面走来的人

不问路・只说说彼此的故乡

和年轻时的经历

想打电话给一个被埋葬了的人

或者写封信　给一个坐牢的朋友

跟他们讲一讲外面的事情

告诉他们留在原地　是莫大的幸福

真想奔跑起来

像一匹受惊的马

在自己的土地上

踏遍田野　河流　泥土的路

熟睡的村庄之上

斗转星移

真想放下约定的事情

做一个畏罪潜逃的农民

背叛庄稼

不再遵守阴历

不再遵守所有关于耕种的

谚语和民谣
从一茬一茬的收成里逃掉

真想什么都不想
就这样坐着
看看深夜的关山大道上
人来人往
看看会不会有陌生人
来向我挥手

2018 年 12 月

关山大道（二）

沿着关山大道

两旁的桂花树疲惫不堪

红灯　红灯　还是红灯

为什么要拦住扑面而来的

喻家山　还有他如影相随的喻家湖

珞喻路 1037 号　多少人一旦离开了

就再也不会回来

多少人像我这样

在深夜被拒之门外

关山大道一如既往

看上去忙碌　沉默

在午夜眯着布满血丝的眼睛

紧紧盯住睡意全无的公交车

这些年我走过的路很多

从北方到南方

从南方到北方

但是没有哪条街道我这样熟悉

又陌生如素不相识

没有哪个人我这样熟悉
又陌生如素不相识

喻家山依然青翠如初
喻家湖依然在山后低眉无语
我在关山大道
每个路口都稍做停留
每个路口都决绝而去

2018 年 12 月

关山大道（三）

漫漶不清的　不止是雾霾

还有　你我的未来

而命运　指向了秃顶的

英雄迟暮　或不知所谓的中年

含混其词抑或斩钉截铁

不能证明　你是不是健康的

哪怕只是活着

我在清醒时写下几个字

然后　广场布满警戒

现在中央和边缘的人　即使躺着

其实对气候和下一场会议

无动于衷　他们和我们关心的

不是阳光　而是

谁会笑着　呼吸到最后

2018 年 12 月

重　庆

一

黑夜里　我不是发光的人
不足以　照亮自己和脚下的道路
但是　我并非原野上
瑟瑟发抖　等待月亮和星辰
来指引的人

银杏树　叶子落尽
他们命运本不该如此
应该是灿烂的金色披挂全身
印证岁月的宏大与悲悯

没有人与我同行
是因为没有人懂得此刻
冬天　并不寒冷
而孤独　对于陌生人
与生俱来

所有被经历的　河流

黑暗　季节　盲目爱我的人
都和我一起和赤裸的银杏树一起
慎重地站着
等待未来

二

没有人会永远年轻
也没有人会永远老去

就像银杏树的枝头
不会永远是嫩绿
也不会永远是金黄
伸出的手指
紧紧抓住
又出人意料地
轻轻松开

就像读不懂我诗句的人
自己又何尝不是一个诗人

2019 年 1 月

不要靠近水

晚上不要靠近水
走夜路的人会碰到些陈年往事

不要惊动鱼
它们的梦　潮湿又疲惫

不要惊动水鸟
天黑前才找到立足的石头

流浪的人更要远离河流
湖泊流浪的人不能湿了鞋子

有人在岸上想大声喊叫
有人在浓雾中离开是非之地

2019 年 1 月

我与河流

我要越过河流　要越过湍急的
历历往事　他们纠缠不放
在水里挣扎
还有浮躁和一言不发的
沉默者　心里干干净净

不是去河里游泳
哪怕只是用手捧起
记忆里的河水
都已经不可能　都已经成了滚烫的泥浆
我们丧失了领地
沙漠里最后的鱼闭上眼睛

我们是打碎玻璃的人
打碎所有不是金属的东西
站在尖锐的碎屑上
没有鞋子　也没有流血

不管你们
反正我要穿过河流
做一个倔强的偷渡者

做一个　不知进退的人

做一个　站在水里呼喊的人

2019 年 3 月

油菜花

春天的高潮到来时
油菜花会开放
只属于她的黄色
在天地间铺排
一直弥散到村子南边

还有属于她的味道
那么浓郁又短暂
和我离开后的漫长岁月　漫长的回忆
那么格格不入

故乡和尊严
谁更遥远　来自土地的不同颜色
麦子　玉米　西瓜　梨
还有其他开花或者不开花的亲戚
贫穷和诗意　谁更遥远

背弃了我们的井水
我们的牙齿无法隐藏
背弃了我们的语言
我们的舌头无法隐藏

而油菜花

从田野来到公园

不再是作物　不再为了收割

我想知道　我们和她曾经的故事

她该如何隐藏

2019 年 3 月

旅　人

一个举杯敬自己的旅人
一个因为醉酒才觉得孤独的灵魂

星辰暗淡
灯光远远摇晃
在浓雾夜里
谁一次一次叩响木门

青石板的街巷
沉睡者的窗内响起浓烈鼾声
不知道愤世嫉俗的人
对清醒的世界抱着多大的敌意

为了女儿
远方美丽和莫名伤心的女儿
我们再干一杯
希望她们一生滴酒不沾

只有世界安静下来
才能听清楚
我们这些窃窃私语的人

真正亵渎的和破坏的

只有世界安静下来
我们这些窃窃私语的人
才能听清楚
自己已经说出什么

2019 年 4 月

二环线

二环线空旷

车马都了无痕迹

晓行夜宿的旅人吹灭蜡烛

翻山越岭的强盗

也熄了火把

借着月光喝完最后一杯烈酒

我和我的黑色奥迪

低声喘息着

谁像一匹老掉牙的骡子

谁更想回到草原

更想念打湿衣襟的露水

二环线平坦如同冰封的河面

却空无一人　也没有蹄音

穿过多少人的梦境

越过河水和山丘

为了回到它的起点

这就是二环线

吊桥放下　城门敞开

关隘上弹琴的人手指细长

没有彻夜不眠的弓箭手

没有人来帮你勒住缰绳

没有人来告诉你

现在就可以解甲歇息

2019 年 5 月

时近端午

天亮时
鸟鸣声捅破了窗户纸
枇杷已经黄了
青翠欲滴的艾草也准备启程
去看望一位老朋友

在北方　庄稼们成熟
地里长出金子
只要你愿意伸出手
一粒麦子
就能让你一生都不再饥饿

时近端午
我也擦亮手指
带着一株葵花
带着一些色彩明快的词语
轻轻叩响
农历五月的木门

2019 年 5 月

听 琴

欲说还休　欲说还休
突然你就说了起来
不是家国　不是媒妁之言
不是嫁与不嫁
就是　爱过恨过的人
如鲠在喉

你就说出口
弦动处　微笑
有眼泪流下来

转身而去的人
长发离离
不管他为何远行
都是为了不相干的梦想
都是为了不相干的人

琴声响起
远方起舞的长袖
沾满谁的泪水
沾满谁的恨意

琴声响起

没有人掩面哭泣

毕竟　故事已经是故事

你终究是你

2019 年 5 月

奶　奶

一

我的奶奶总是讲起
她的父亲站在庭院中央
摔了一只杯子
说女孩子不要再裹脚
革命了　民国了
不要再裹脚
我奶奶会给我看
她略有残疾的脚趾

我后来知道
她的妈妈早逝
就没有人按住她
含着眼泪看她哭喊
没有人关心她
是不是　三寸金莲

她很多年前也逝去了
后来再没有人那样抱过我

再没有人

跟我提起过

家族往事

二

那时我还是个小孩子

第一次出远门

我的奶奶倾其所有

掏空了柜子里的陶罐

煮了六个鸡蛋

放在我蓝色的格子布书包里

讲起这个故事时

我的女儿白了我一眼

嘀咕说

居然有人会存储鸡蛋

那时我还是个孩子

出门一路奔跑

忘记了自己带着巨大的财富

六个鸡蛋在我的书包里都打碎了

蛋壳　蛋黄　蛋白

都碎在一起

我就那样一路奔跑
那些碎了的鸡蛋
粘在了我的书包里
粘在了我的生命里

2019 年 6 月

所 见

凌晨　从一段旅程中挣脱出来
我看到一个纤细　瘦弱的女孩
奔跑着　后面跟着她的弟弟
蹒跚学步的弟弟
在出站口
她猛地抱住一个瘦弱的男人
一个秃顶　瘦弱的中年男子
她的爸爸笑着抱着她
多好啊
有人爱你　有人值得你爱

2019 年 7 月

兰州　兰州

沿着武都路向西

会走进家族历史的深处

我的亲人们

逝去的或将要逝去的

带着他们的故事

迎面而来

一场一场的战火

有人逃生出来

尾随的盗贼抽出长刀

还有红眼的灰色的狼

在身后不远处的夜里　默默站住

鸦片烟燃起　摄人心魄的香气弥漫

绫罗绸缎成山　挡住了唯一出路

又一个女儿被人领养

我的爷爷　在清朝骑马

从孩子长成戴眼镜的先生

民国时　他经过甘陕大地

罂粟花漫山遍野盛开

地主和出诊的兽医推杯换盏

家丁和长工们各怀心事

大地之上　所有人的命运
如田间道路一样清晰可见
却终又无迹可寻

有子弹呼啸而过
有财宝被投入水里
有人叹息之后自尽
有婴儿在天亮之前降生

武都路向西
会走到街巷尽头
安静的夜里
我不忍惊醒年迈的守门人
在他梦中
多少尘埃像是蒲公英的种子
随风流落天涯

2019 年 8 月

牧羊的孩子

一

天黑时的厄运
就凭着巧舌如簧
拦路打劫的人赤手空拳

吃桃子　有甜汁如蜜的桃子
桃子从远方送来
也有饮鸩止渴的人做了一辈子邮差

岔路口　牧羊的孩子嚎啕大哭
一把青草　谁辜负了谁
谁收留今夜无家可归的羔羊

桃子和青草
放羊的少年高举镰刀　找不到芦苇
找不到他的理想之国

桃子腐烂　青草枯萎
但是明年鲜花一样开放　包括短暂的生命

明年一定盛开　　如同一无所求

二

岔路口　牧羊的孩子号啕大哭
他梦见　匕首　孜然　熊熊的炉火
所有他仇恨的人站起来向他敬酒

天亮时　孩子梦到
彩虹　青草地　河流在原野上从无到有
所有爱他的人都站起来向他敬酒

孩子　丢失了他的羊群
丢失了梦中的酒杯
就像草叶丢失了它的露水

牧羊的孩子　天亮时停住抽泣
停住冥想和盼望
紧紧握住手里的鞭子

2019 年 8 月

月下的湖边

看他们在月光下钓鱼

忽然荧光的浮标抖动

一时人声喧哗

有人提竿　有人收线　有人抄网

有人嫌我害事　说让开让开

等一切归于平静

一条半尺长的白刁

在月亮下鳞光闪闪

有人问我　送给你要不要

忽然有手一扬

美丽单纯的鱼

在银白色的月光中飞起来

咚的一声

落入无边的大湖里

2019 年 9 月

故 乡

一、rua

在关中道
有的字可以说出来
但是不能写出来
有的事可以说出来
但是不能记下来
有的人可以认出来
但是在黑夜里
他的名字不能喊出来

二、霖雨

只是一场雨
下了六十三天
开始的时候是一个黑夜
结束的时候也是一个黑夜

所有的坟茔都被淹没了
湿漉漉的亡灵们在空中盘旋

就像细雨里飞舞的灰色蜻蜓

生前彼此相爱的亲人

也装作互不相识

村子在汪洋之间

人们坐在水中生火

抽旱烟　喝黑色的浓茶

被日月星辰遗忘

过着闭口不言的日子

干旱焦渴地方的人

不会想到一场水灾

都以为只要家里有盐

就不怕下雨

就不怕活不下去

这场从古到今

前所未有的霖雨里

有的盐长出蛆

有的盐化为水

三、年馑

我的故乡

除了苦楝树和苦槐树

所有的树　出生都不会早于

民国十八年

那一年　有汁液的树

都被吃掉了

没有汁液的　都旱死了

剩下的树木逃得不知所踪

但一定不是作为棺材

赤野千里

已经没有人需要掩埋

讲起这些故事的人

活过了民国十八年

后来　也死掉了

按照他的遗愿

每年祭奠的供桌上

摆满白面馒头

四、无题

我们那里

没有道士　也没有和尚

连城隍庙都在很多年以前

毁于一场无由来的大火

人们没有信仰

靠着谚语耕种

靠着传说过冬

靠着心窝里的一口热血

活过一代一代

帮助收割庄稼的人叫做麦客

怀揣利刃走夜路的人叫做刀客

我的乡亲

世世代代守着一口苦井生存

形形色色的路人都被称为客

只有他们自己

才是那个地方的主人

2019 年 9 月

黑　暗

风声敛走光芒
黑暗卷土重来

无可救赎的罪过
叩拜什么样的庙宇和神祇
才能渡尽劫波
才能让婴儿在夜里安眠

河流不可预知
奔腾的水如漫山遍野的马群
在漩涡中心
世界安静得出奇

总有船夫在天黑前收起船桨
对于即将到来的
没有人更加惶恐
对于偷渡者
我们看着他　看他如何沉没

2019 年 9 月

桂　花

你真的懂桂花吗
那细小又深入的香
好像来自生命深处
来自　比你更接近本来的你

想象力　有人来填补你的空白
说不出来的
又想要声嘶力竭地呐喊
抓住喉咙里的血

让开
樟树　银杏　不开花的孬种
秋天敞开的怀抱
我不认输

你真的懂桂花吗
你都不敢说出真相
我在湖边
我怕什么

我什么都不怕

我和桂花在一起
在她的氤氲之中
在她的　爱情里

2019 年 10 月

兔　子

灰色的兔子
以自己喜欢的方式
遁入秋草丛中
消失如旷世的隐者

白色的兔子
想进入向日葵的原野
黑暗的白色　破碎的白色
希望融化在巨大无边的黄金里

褐色的兔子
面对盛开的格桑花
忘记自己要去哪里
忘记自己是褐色

黑色的兔子
是真正的兔子
没有人见过他的柔软
没有人懂得他的警惕
甚至没有人知道他是兔子

2019 年 11 月

涅 槃

——写给我们的城市和亲人

一

病毒　展开薄如蝉翼的翅膀
透明的风声像镰刀一样来收割
这风声　掠过绿色的山
绿色的湖　掠过街巷
在每一个耳朵里住下来

它是谁的使者

坏消息在黄昏传遍每个角落
关上窗户
锁紧大门
老祖母张开怀抱
孩子们都在熄灭的火堆旁依偎

天黑下来
我们手无寸铁的战士
只能死守城池

二

在古代　年是一头怪兽

它到来时会有漫天风沙

所有光明都隐晦

山河震颤　树木流血

它的使者提前飞来

用听不懂的语言宣读讣告

它会找到最年幼的孩子

和最勤劳的那个祖母

它要用人们最大的悲伤

擦亮自己无羽的翅膀

三

我的恐惧

就是一根小小的灯芯

颤抖着燃烧

点亮小小的

一片光明

但是因为有孩子

因为已经降生和将要到来的孩子

哪怕弹尽粮绝

我们　都不可投降

四

我们需要重整旗鼓

需要孩子们脸上的微笑

需要更多的河水清洗悲伤

需要木炭烧旺篝火

一个坚强的人

披上盔甲

一个彻夜不眠的人

已经启程在来的路上

沿途的村庄会燃起炊烟

有人会拿出糖和玫瑰

有人会流下眼泪

我们都铭记住这些

在被围困的城里

没有什么　比远方的烽火

更温暖

五

石头在烈火中

燃烧和锻打

脱去黑色的恐惧

只留下红色的炙热的铁

最坚固的盾在河边竖起

没有退路的战士

举起红色的旗帜

举起红色的血

我们的图腾

那有九双眼睛的大鸟

会在最寒冷时降临

带着她新的羽毛和光芒

来和城里的每个人在一起

六

阳光会带着客人来敲门

湖水开始泛起涟漪

墙上有迎春花伸出触角

蜗牛　靠着朗读诗篇度过冬天

炉火更旺　汤药沸腾
医生和铁匠们都疲惫不堪
请让他们在天亮之前歇息片刻
给他们片刻安宁

七

我们会竖起石头丰碑
在我们城市的广场上
刻上我们的图腾
刻上那些远道而来的人的名字
刻上带给我们鲜花和蜂蜜的人

也许　这座丰碑
已经竖起
就在我们心里
也许　就是因为身体里的石头和铁
我们　才敢打开城门
迎接春天

2020 年元月

正 月

初一

他有一把刀
锋利无情
在一只无辜的猫的脖子上试过
这把刀子　指向无辜的心脏

一种窒息占领无辜的人
捣碎了无辜的安静
变成恶魔
让死者　成为无声的影子

他带刀夜行
化身成群的蚂蚁
咬住一个母亲的骨头
一个母亲　也是女儿

不知道该恐惧还是该悲伤
要看谁来得更早一些
亡灵的座驾

黑压压布满天空

初二

从骨头上剔下肉
从肉里挤出汁
为什么要做一个咳嗽到
歇斯底里的人

窒息
你活着
死去的过程漫长
超过了你的一生

可是　比窒息更可怕的
你说不出话
故事　思念　你的一生说不出来
喉咙被砍了一刀

初三

风的脸色异常苍白
穿过街巷
街上一扫而空
她恐惧到颤抖　撕扯自己的头发

十字路口空无一人
死去的人没有火堆指引道路
从来没有这样过
死去的人没有带着行李

初四

有人高声叫卖口罩
有人低价出售灵魂

死神从身后揪住行人的耳朵
摩擦牙齿
他的目光所到之处
花草凋敝　树木流血

没有人更强大
也没有人更弱小
但是逃亡时
所有的惊慌都一样

初五

突如其来的晴天
就像命运跟一个医生开了个玩笑

内科大夫举起两根手指
敲了敲自己空空的胸腔

听诊器
把耳朵和自己的心跳连起来
他们共鸣
然后一起沉默

一根针管
充满了生命之水
赶不上那条血管
于是爆裂　碎片满地

初六

要远行的人都被困住
困在帐篷里
为一个死去的亲人
守灵

只要有烛光
只要有火
活着的人悲伤
死去的人温暖

道路总在那里
站着就可以随时启程
躺着
永远留当地

初七

雷声隆隆
由远及近
我想到黑暗的旷野里
赤裸着　敞开胸怀

初八

风声忽然变得柔软
骨头柔软
紫色的玉兰花
抿住嘴唇

孩子心里有了仇恨
记住仇人的名字
孩子拉开弹弓
脸颊涨得通红

初九

饮酒
除此以外怎么证明活着

一杯敬亡灵
城外梅花怒放
我们闭门不出
此时所有的盛开都是为了祭奠

一杯敬正月
只要走出去
又是无穷的时光
轮回　一回又一回

初十

辉煌的夕阳
照耀在无边的大湖之上
要把他最后的温暖送给每个
冬天里的病人

不能出门
但是可以打开窗户

面对太阳
没有围墙不可逾越

不能出门
但是可以打开窗户
面对含苞怒放的玉兰树
没有未来　不会到来

2020 年 3 月

图书在版编目（ＣＩＰ）数据

喻家山南 / 武治著 . -- 武汉 : 长江文艺出版社，
2020.7
ISBN 978-7-5702-1511-9

Ⅰ . ①喻… Ⅱ . ①武… Ⅲ . ①诗集－中国－当代
Ⅳ . ① I227

中国版本图书馆 CIP 数据核字（2020）第 079092 号

文学策划：亓宏刚　　　　　封面题字：武含璋
责任编辑：谈　骁　　　　　责任校对：毛　娟
封面设计：熊　芳　　　　　责任印制：邱　莉　　王光兴

出版： 长江出版传媒 ｜ 长江文艺出版社
地址：武汉市雄楚大街 268 号　　邮编：430070
发行：长江文艺出版社
http://www.cjlap.com
印刷：武汉立信邦和彩色印刷有限公司

开本：880 毫米 ×1230 毫米　　1/32　印张：7.375　插页：4 页
版次：2020 年 7 月第 1 版　　　2020 年 7 月第 1 次印刷
行数：4881 行

定价：49.00 元